對面的怪叔叔

管家琪◎著
郭莉蓁◎圖

推薦序

態度決定了人生高度

許建崑（前東海大學中文系教授）

管家琪老師「有品故事系列」套書十冊出齊了！最先發行的《膽子訓練營》、《勇敢的公主》、《粉紅色的小鐵馬》三本書，似乎是帶領著讀者勇敢的跨進四年一班教室。

第一本，藉著新來的同學丹禎放下「隱形朋友」，與班上同學融為一體，作為故事的軸心；卻也可以看見班導陳老師照顧學生的耐心與膽識。第二本，為了班級話劇比賽，全班同學卯足全力，選角、扮演、排戲，還真熱鬧。可是在演出前夕，發現與隔壁班的戲碼相同。扮演公主的繽繽必須變通，而班上的同學又能齊心合作，達成任務，勇敢、機智、合作的特質，呼之欲出。第三本，主題看似「繽繽學車記」，說明

「堅持就能成功」。可是呢？管家琪老師利用繽繽三次與粉紅小馬相伴的夢境，帶來優美而迷離的氣氛；又讓陳老師引導同學思考「二十年後的我」，寫下短文，而文中的每個小小志願，都像一朵朵綻開的蓓蕾，令人讚嘆。

四年一班的故事，當然不只這些！七本新書，帶給我們更多的訊息。

班長巧慧是陳老師的好幫手，冷靜、理性，擁有強健的心理素質，家庭的教養給她很大的助力。在《椅子會唱歌？》中，劉家大厝改建，伯叔重聚故里，儘管三兄弟的成就大有不同，與父親曾有的互動，有百依百順的，有爭執衝突的，也有抱憾在心的，但都是因為「愛」的緣故啊。巧慧跟著爸爸、媽媽回家，與堂哥、堂妹去老宅探險，聽見椅子搖擺的聲音，還以為是爺爺的靈魂回來，坐在椅上搖啊搖。全家人對爺爺的思念，都在不言中。

與巧慧最要好的同學繽繽，綽號「冰淇淋」，卻有完全不同的性情，活潑、感性，勇於嘗試，也敢於認錯。因為作文本沒拿回來，忘了寫作文，跟老師謊報作文本丟在公車上。管家琪老師以《對面的怪叔叔》為題，創造一位拖稿未交的鬍子作家，謊稱照顧一隻從樓上跌下來的貓；來對比繽繽說謊的行為。誠實真好，說謊很累人，因為「每說一個謊，要用二十個謊言來掩飾」呢！

看見同學養寵物，繽繽也動心。《懷念小青》故事寫下繽繽養了兩隻小烏龜，最後不敵病菌感染，雙雙去了天國。繽繽把心中的遺憾說給楊校長聽；回家後，她要去幫助鄰居的森森，好好照顧小白狗。

養寵物之外，繽繽陪奶奶在陽臺種蔬菜，也是個新鮮的經驗。樓下森森的外婆有志一同，也來種菜，森森卻想「揠苗助長」，讓菜苗長高一點。在《好預兆》中，還有兩條脈絡：第一、福利社的阿姨很生氣，因為她的孩子龍龍為了做直銷，回家要錢；第二、爸爸的朋友老鬼，以「算命」為手段，誘引爸爸加入直銷。故事結束在校園開出了一片農田，請龍龍來負責耕作，讓班上的孩子也來實習。精緻的結構，說明勤勞才有結果，想「一步登天」要不得。

故事中有四個比較搶眼的男生。幼稚園大班的森森，常有些滑稽舉動，添加笑點，不過他卻比繽繽先學會騎腳踏車呢。

李樂淘與李家富是一對班寶，有點像美國好萊塢影片中的喜劇雙人組合勞萊與哈台。樂淘喜歡搧風點火，家富則是大喇叭，兩人可以把小小事情掀成狂風暴雨。那一天，陳老師帶一箱雞蛋來教室，發給大家「照顧」，好體會父母撫養子女的辛苦。不到半天，很多人打破了，就來搶其他同學的雞蛋。恰好隔壁班的宋小銘來串門子，他銳利的眼睛，發現樹上有個鳥巢，班上同學又爭相爬樹去看小鳥。混亂的場景，無法收拾，還驚動了楊校長。這就是熱鬧的《保護寶貝蛋》！

宋小銘家教較嚴，奶奶強迫他假日陪伴去市場撿寶特瓶，被同學傳述，覺得很丟臉。他把奶奶做的小紅布包送給了繽繽，卻讓森森的外婆發現，小布包的製作人曾有幫助窮人的義舉，新聞報導過。原來，小銘的奶奶勤儉、積聚，並不是自私自利的行為。《紅色小布包》一書中，說明了勤儉的美德，也間接暗示家人更須相互溝通了解。

最熱鬧的故事是《藏在心裡的疤》。班上同學鬧事，訓導主任要班長記下名字，巧慧獨漏了繽繽的名字。樂淘為什麼會起鬨呢？家富為什麼要生氣呢？繽繽又如何加入戰局呢？巧慧做出不誠實的行為，該怎麼對陳老師負責呢？恰巧陳老師的國中同學何美麗來訪，勾出當年化學實驗課誤傷美麗，留下永遠疤痕的往事。沒有人不會犯錯，但犯了錯就該坦承道歉，好好溝通，自然可以贏回友誼。

透過這十本書，管家琪老師把四年一班的師生給寫活了，但她也想要點出這些孩子的性情都是原生家庭培養出來的，如果家庭和睦，夫妻、婆媳、父子、母女溝通良好，孩子自然健康、開朗，未來也會有良好的處世態度。而「態度決定了人生的高度」，就是管家琪老師投入「有品故事系列」書寫最大的目的吧！

自序

誠實是美德的基礎

管家琪

不管時代是如何日新月異，美好的東西永不過時，譬如對於美好德行的追求，這應該還是教育不變的首要目標，而在進行德行教育之際，往往也在同時激勵著一個孩子的向上之心。

我們常常會跟孩子們說，要「好好學習，天天向上」，其實如果能夠有一顆向上的心，孩子們自然就會好好學習（只不過我們不能僅僅從成績來簡單判定一個孩子有沒有「好好學習」就是了，畢竟一個班上能夠擠進前幾名的孩子，永遠都只是少數幾個）。

難怪古時候選才講究的是「德才兼備」，「德」排在「才」的前面，這是很有道理的。因為，就算無才，但只要有德，還是可以盡自己的所能貢獻自己的心力，也能夠造福社會，但一個人如果無德，就算是有才，也還是會禍害社會。

「德育」的涵蓋面很廣，但「誠實」應該是基礎。就好像「真」是「善」與「美」的基礎一樣。一個人只要誠實，就會是一個好人。一個誠實的人（包括對自己以及對他人誠實），才有可能享有精神上的自由。

目錄

推薦序 態度決定了人生高度 許建崑 02

自序 誠實是美德的基礎 管家琪 08

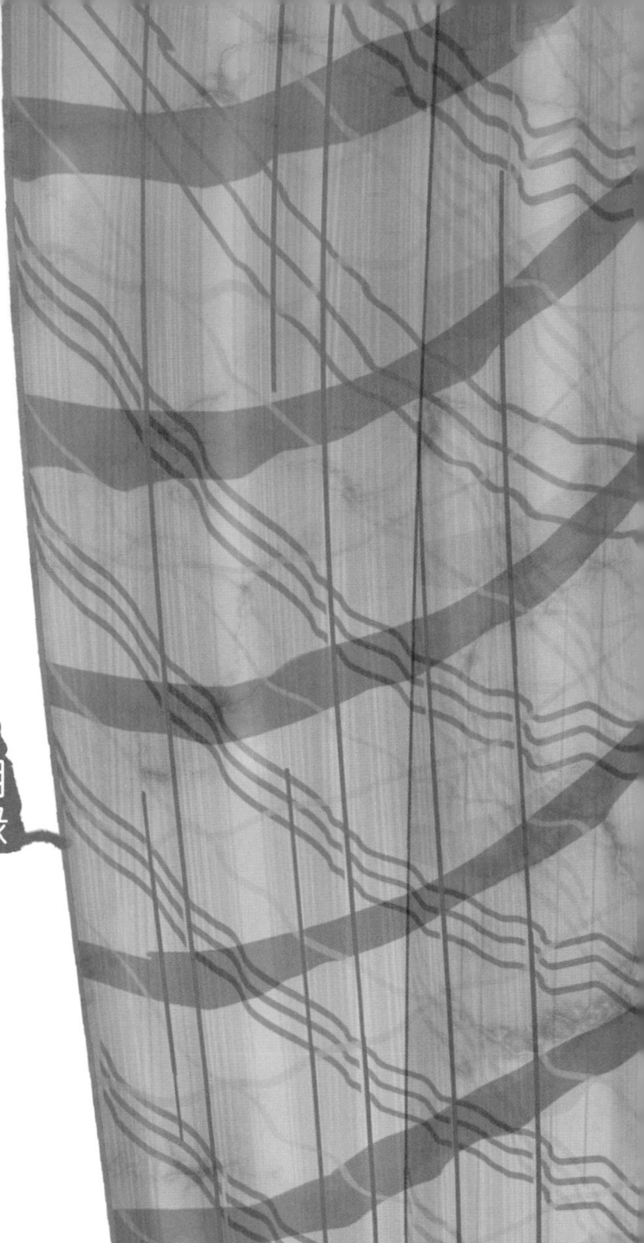

1 特別的名字 14
2 神祕的叔叔 24
3 一篇作文 38
4 吃驚 46
5 疑惑 54
6 七上八下 64
7 和怪叔叔面對面 72
8 真相大白 82

出場人物

劉巧慧

四年一班的班長，冷靜、理性，而且細心，是班導陳老師的好幫手。

森森

本名鄭文森，活潑開朗的幼稚園大班生，住在繽繽家樓下。

林齊繽

小名繽繽，個性活潑、喜歡挑戰不同事物。和巧慧是最要好的同學。

齊繽爸爸
國中老師，個性溫和，很受學生歡迎。

怪叔叔
本書主角，前幾天剛搬到繽繽家對面，行為怪異，有點神祕。

齊繽奶奶
和藹可親，喜歡和繽繽講故事，週末時一起看卡通。

齊繽媽媽
國中老師，不僅會下廚，還燒得一手好菜。

特別的名字

林齊繽是一個正在念四年級的小女孩。在她名字裡的前面兩個字可以說是不能動的，因為她的爸爸姓林，媽媽姓齊，把「林」和「齊」放在她的名字裡，代表兩個家族將永遠都會非常的和諧，而「繽」這個字是媽媽取的，媽媽說希望寶貝女兒能夠有一個五彩繽紛的童年。

在家裡，家人一直都是叫她「繽繽」或是「小繽繽」，直到上學以後，繽繽記得好像是從上幼稚園以後吧，她才知道原來自己有一個

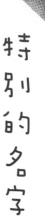

多麼特別的名字。

有一天，起先是有人因為好玩而不斷念叨著班上小朋友的名字，看看誰的名字念起來有諧音，結果發現了兩個，一個叫做範統，一個叫做杜紫藤。後來，也不知道是哪一個多事多嘴的傢伙，開始把大家的名字倒著念，結果就意外發現「林齊繽」念起來竟然和一個吃的東西很像！那就是……

「冰淇淋！」

雖然「繽」和「冰」的讀音其實並不是一模一樣，嚴格說起來「冰淇淋」這個外號的諧音並不是那麼準，但還是很快就被小朋友們給傳開了。

那天，繽繽一回到家就立刻抱怨：「大家都叫我『冰淇淋』！」

奶奶一聽就笑了，直說：「這有什麼好不高興的，很可愛啊！」

媽媽也說：「這有什麼關係，反正你本來就很喜歡吃冰淇淋嘛。」

爸爸呢本來只是在笑，聽到媽媽這樣說以後就馬上補上一句：「怪不得！怪不得你會這麼愛吃冰淇淋！原來你的名字就已經做了預告了！」

總之，一句話，爸爸媽媽當初在替繽繽取名字的時候，壓根就沒想到這個名字如果倒過來念的話會有諧音。

對於這樣的說法，繽繽自然是不大滿意，嘟著嘴說：「你們應該要想到的嘛！」

奶奶說：「算啦，有外號也不是壞事啦，這樣將來等你們都長大了以後，大家都會比較記得你。」

爸爸說：「對呀，說得也是，現在只要一回想以前學生時期，那些有外號的人好像真的都比較不容易被忘掉。」

繽繽家是三代同堂，奶奶一直和他們同住。繽繽的爺爺很早以前就過世了。

其實，「奶奶一直和他們同住」這樣的說法並不準確，應該說爸爸一直就是和奶奶住在一起，就連結婚以後也沒有搬出去。所以，這個房子、這個「家」是不動的，只是家庭成員慢慢在增加，最初是爺爺、奶奶和爸爸，後來爺爺走了，就剩奶奶和爸爸，然後在爸爸三十歲那一年，媽媽加入，接下來僅僅只過了一年，小繽繽就加入了。感覺上小繽繽好像還真的是迫不及待的要加入這個家庭呢。

繽繽的爸爸媽媽同是一所國中的老師，而且還都是「名師」。他們的責任感都很強，每天待在學校裡的時間都很長，所以打從繽繽有記憶以來，就是奶奶最常陪在她的身邊。

奶奶偶爾也會對爸爸媽媽嘀咕兩句：「你們兩個也要想辦法多抽

一點時間出來，陪陪自己的小孩啊。」

爸爸總是苦笑說：「沒辦法啊，現代社會就是這樣的，大家都在忙著陪別人的小孩。」

幸好家裡還有奶奶，而且奶奶是真心喜歡陪伴小繽繽，經常和小繽繽講故事，還會陪著小繽繽看卡通。

每天，在爸爸媽媽到家以前，家裡就只有奶奶和繽繽。

如果還有第三個人，那一定就是樓下的小森森了。

森森現在念大班，他的爸爸是研究人員，一年到頭難得在家，幾乎都在外地，家裡就他和媽媽還有外婆，一共三個人。森森的媽媽工作很忙，家裡經常只有外婆。不過森森外婆的脾氣有一點爆，森森比較喜歡繽繽的奶奶，當然也很喜歡黏著繽繽，簡直就是繽繽的小跟班。

這天，繽繽放學回家，才剛剛走

到二樓，三樓的門就急急忙忙的開了，並且從裡頭迅速探出一個小腦袋。

「姐姐！你回來了！」森森一臉神祕的說：「我要告訴你一個大消息！」

神祕的叔叔

「什麼大消息啊？」繽繽問。

森森隆重宣布：「我們對面搬進來一個怪叔叔！」

「怪叔叔？什麼意思？」

「哎呀，我等一下講給你聽。」

說著，森森朝屋裡大喊一聲：「外婆！我去姐姐家！」

裡頭的外婆「喔」了一聲。外婆當然知道外孫指的是又要去「冰淇淋姐姐」的家，於是照例吩咐了一句：「晚飯前回來啊。」

森森跟著繽繽走到四樓。繽繽開了門，森森跟進來，簡直就像是回自己家一樣的自然，還自己打開鞋櫃拿出那雙有著卡通圖案的小拖鞋，這是繽繽的奶奶特意為這位經常來報到的小客人所準備的。

「奶奶？」繽繽叫了一聲。

「我在這兒，乖，」從廚房裡飄出了濃濃的滷香，也傳出了奶奶的聲音：「回來啦？你先休息一下，奶奶正在廚房裡忙。」

繽繽應了一下，然後就放下書包，看著森森，又問了一遍：「什麼怪叔叔啊？」

「你過來。」森森拉著繽繽就往繽繽的房間走，等到進了房間，還沒走到窗前，森森牽著繽繽站在窗戶的旁邊，神祕兮兮的說：「你看對面。」

繽繽看了一下，還是沒有會意過來，奇怪的問：「看什麼啊？」

擠在繽繽身後的森森，探頭出來很快的看了一眼，馬上又閃回到繽繽身後，悄悄的說：「從我的房間直直看過去的那一個窗戶啦。」

繽繽說：「你那麼小聲幹嘛？怕誰聽到啊？」

「哎呀，你快看啦。」森森聽起來好像有一點著急了。

「好啦好啦，我看我看。」

森森家住在繽繽家的樓下，而森森的房間呢，巧得很，正好也就在繽繽房間的正下方。繽繽按森森的指示，先往對面看過去，再把視線往下挪一層。

「看到沒？」森森還是一副神祕兮兮的口氣。

「我看到一個一嘴大鬍子的人，」繽繽說：「你說的就是他嗎？」

「對，就是他！他現在在幹嘛？」

「沒幹嘛啊，就是坐在那裡，好像是在玩電腦吧。」

由於窗簾的阻隔，繽繽並沒能看到對面那間房間的全貌，同時，她看到的是那個人的側面，所以實際上也就只是看到他坐在那裡而已，繽繽覺得這個人好像是在玩電腦這一點，完全是猜的。

森森一聽，似乎有點失望，「坐在那裡玩電腦？他看起來沒有怪怪的嗎？」

「哪裡怪怪的？我看不出來啊。不過那個房間本來不是住著好多人？」

「是啊，這個怪叔叔好像是最近才剛剛搬來的。他沒有像這樣怪怪的嗎？」說著，森森乾脆從續續身後走出來，並且稍微離開一下窗邊，給自己一個比較大的空間，然後伸出兩隻手臂往上以及往兩邊拚命的抓呀爬呀，動作好誇張。

「你這是幹嘛？」繽繽問。

「不是我，是他呀，」森森說：「我注意他兩三天了，他經常動不動就會做這樣的動作，要不然就是這樣。」

森森把兩隻手插著腰，挺出小肚子，然後把小腦袋拚命的往後仰，嘴巴還大張大合，歪來歪去。

「這又是幹嘛？」

「我不知道啊，也是那個人做的，所以我才會覺得他很怪啊。」

繽繽又注意看了一下，「可是他現在看起來很正常啊，就只是坐在那裡，動也不動。」

森森湊過來看了一下，「真是的，這兩天他老是那樣怪裡怪氣，為什麼現在又不動了……」

森森的話還沒有說完，繽繽就說：「咦，他站起來了！」

「啊，一定是要開始了！你快過來一點，別讓他看到你！」森森的語氣好像滿興奮的，拉著繽繽就往窗戶旁邊靠，生怕被對面的怪叔叔看到。

繽繽就這樣躲在窗戶邊，然後往對面偷看。

「啊，他真的開始了……好像在爬牆，只不過是在爬空氣牆，而且是只有兩隻手在爬！」

「姐姐，你說這個人會不會是神經病啊？」

繽繽還來不及回答，突然就聽到奶奶問：「你們在說誰是神經

病？」

兩個人都嚇了一跳！轉頭一看，奶奶正站在繽繽的房門口。

奶奶又問：「你們在看什麼？」

「奶奶你快過來，」繽繽趕緊把奶奶拉過來，也同樣用神祕兮兮的口氣說：「你快看對面，看森森房間的對面，也是三樓。」

奶奶看了一下，立刻大呼道：「哇，好亂的房間！」

「不是看那個啦，」繽繽說：「你看到一個一嘴大鬍子的人沒有？你看到他在幹嘛？」

「沒幹嘛啊，就只是躺在床上。大白天躺在床上，一定是一個懶鬼。好了，別看了，這樣不禮貌。」

說完，奶奶就拉著繽繽和森森出去，要他們嘗嘗自己剛滷好的豆干。

一篇作文

晚上，繽繽在寫作業的時候不太專心，老是在偷看對面的怪叔叔。可是，一整個晚上，怪叔叔都不見蹤影。繽繽吃過晚飯回到房間以後，對面那個房間就一直是黑漆漆的，連燈都沒有開。

當繽繽正在收拾書包，準備要睡覺的時候，爸爸媽媽終於回來了。一聽到門聲，繽繽馬上就衝出去，迎面就看到爸爸媽媽都是一副累得要死的樣子，而且，兩個人的臉都有一點臭臭的，好像不太愉快。

是不是兩個人在路上吵架啦？繽繽心想。如果是在平時，一看到爸爸媽媽這個樣子，繽繽一定趕緊躲回房間，不去跟他們囉嗦。繽繽從很小的時候就知道，大人不高興的時候，小孩最好少囉嗦，否則一不小心就會莫名奇妙成為他們的箭靶，從出生以來所有讓爸爸媽媽不滿意的事，都有可能在一秒鐘之內就被翻出來，通通重新數落一遍。上學以後，偶爾和小夥伴們交流「當爸爸媽媽不高興的時候該怎麼辦？」結果，大家的經驗都差不多，大家都說只要一偵測到家裡的氣氛不對，最好趕緊躲得遠遠的。

可是，今天晚上繽繽忍不住，雖然明明覺得可能不太合適，但還是「冒死」開口說：「我們家對面搬來一個怪叔叔，長得像海盜，有一嘴大鬍子，好像很高很胖……」

話還沒說完，媽媽就說：「什麼對面？你沒事偷看人家幹嘛？那多不好！不可以再看了！」

爸爸也跟進一句：「是啊，還是個男的，你一個小女生更不可以亂看，聽到沒有？」

接下來，爸爸媽媽幾乎是異口同聲催促繽繽趕快去睡覺。

第二天一早，繽繽和往常一樣，在舒服的被窩裡賴到最後一分鐘，才匆匆忙忙的起床，匆匆忙忙的出門。

到了學校以後，她一時也沒想起對面的怪叔叔，直到聽到劉巧慧又說起小時候的搬家經歷時，繽繽忽然就說：「我們家對面搬來了一個怪叔叔。」

「什麼怪叔叔？」

繽繽接著就形容了一番。

「他看起來像一個壞人嗎？」巧慧問。

繽繽想了一下，先是說「看不出來」，又說「我覺得好像也不太像。」

「那他看起來像是做什麼的呢？」

「不知道，看不出來。」

「有什麼工作是可以白天在家，還會做那些誇張的動作呢？嗯，也許他也不是天天都在家，昨天只是碰巧休假？」

「不知道，」繽繽覺得巧慧說得很有道理，「也許吧，那我再注意看看好了。」

奇怪，被巧慧這麼一說，繽繽突然覺得自己好像有一點無聊。不過，接下來繽繽也沒工夫和心情再去想這個事了，因為巧慧一問起作文，繽繽這才猛然想起……哎呀，糟了，昨天的作業還有一篇作文，可是自己忘了！

怪不得剛才巧慧會說起小時候經常搬家，因為昨天老師給的作文題目是〈我最難忘的一件事〉，巧慧說她寫的就是小時候

（其實也就是念一年級的時候）當轉學生的事。

不過，稍後當身為班長的巧慧開始要收作業的時候，繽繽幾乎是想都沒想，脫口就說：「我寫了，可是我忘了帶！」

吃驚

這天，老師宣布的作業似乎特別多，這讓繽繽有點愁眉苦臉。在放學回家的路上，繽繽還想著今天的卡通八成是看不成了，唉，好討厭喔！除此之外，晚上寫作業的動作還得快一點，要不然萬一弄到太晚，媽媽一定會生氣，如果追問起來發現她是因為昨天少寫了一篇作文，那就更麻煩了。

昨天上樓的時候是一走到二樓，就聽到三樓的大門打開，今天更誇張，繽繽才剛剛走進樓梯間，就聽到從上面傳來了森森的聲音。

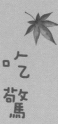

「冰淇淋姐姐，是你嗎？」

繽繽輕輕應了一下。

爸爸曾經再三跟她說，樓梯間是公共場所，講話不要那麼大嗓門，有什麼事等進了自家的屋子再說。

偏偏森森沒有聽到，又嚷了一聲：「冰淇淋姐姐，是不是你回來了？」

繽繽只好加快速度趕快往上走。

「是我啦，什麼事啊？」

森森看到繽繽，看起來又是放心又是高興，連連說：「我等了好久，你可回來了！你進來一下！」

說著，他就拉著繽繽進了家門。

繽繽看看四周，「你外婆呢？」

「出去了，你快來看，從我的房間看比較清楚，可是你要小心，不要被看到。」

繽繽看森森拉著自己往他的房間走就已經猜出來了，「不會又是要我看怪叔叔吧？我今天沒空管他啦。」

森森不聽，還是一直說：「你來看一下啦，不過你的動作要快一點，不要被他發現。」

才剛剛走進森森的房間，森森就說：「蹲低一點！別讓他看見了！」

繽繽趕緊把身子放低，然後像森森那樣用蹲姿走路，慢慢的走到窗邊，再一起擠在窗簾旁，然後慢慢的伸長了脖子朝對面偷看。

只見對面的窗戶大開著，而那個怪叔叔正趴在窗邊，一邊抽著煙，一邊好像是往下張望，但是繽繽觀察了一會兒，也不知道怪叔叔到底是在看什麼？是在看那幾個哇哇亂叫，追來打去的小孩嗎？還是那些聚在一起聊天的歐巴桑？或是那個正在認真打掃院子的大叔？

「奇怪……」

繽繽一開口，森森就馬上接口道：「就是說啊，好奇怪，他今天又爬了空氣牆爬好幾次，然後就一直抽菸、一直往下看，已經看了很久了。」

「嗯，是很奇怪，不過，」繽繽說：「我剛才其實本來是想說，他的鬍子那麼長怎麼還可以抽菸？不會燒到鬍子嗎？」

森森往對面又偷看了一眼，聳聳肩說：「可能是他的技術特別好吧。冰淇淋姐姐，你說，他是不是想要做壞事？是不是正在想什麼壞點子啊？」

「我實在看不出來啊。」

繽繽又耐著性子跟著森森繼續偷看了一兩分鐘，怪叔叔的姿勢幾乎都沒有變，連手上的菸都沒有拿到嘴邊吸一下。

「他是不是睡著啦？」森森納悶道：「不是只有馬才會站著睡覺的嗎？」

繽繽看看手錶，沒興趣再看下去了，「哎，我跟你說，你自己慢慢調查吧，我今天真的沒空，今天的功課實在好多。」

於是，繽繽就離開了森森家，趕快回家去寫作業。

一晚上，繽繽都很乖的待在房間裡寫作業，也沒再多去關心對面那個怪叔叔。

按她的計畫，她是想等到把今天的作業都先寫完以後，再回頭來補寫那篇昨天忘了寫的作文。

然而，當她終於準備要開始寫作文的時候，卻非常吃驚的發現一件可怕的事……作文本竟然不見了！

疑惑

繽繽不斷的東找西找，還把書包裡的東西通通都倒出來拚命的翻，還是沒有找到那本要命的作文本。

「怎麼辦？到底放到哪裡去了？」繽繽急得要命，正想扯開喉嚨大聲喊奶奶來幫忙的時候，門鈴響了。

糟了，爸爸媽媽回來了！

繽繽想趕快把散落在地上和床上的東西火速再塞回書包，可是，怎麼來得及？她才剛剛塞進兩本書，媽媽就來敲她的房門了。

「繽繽，你睡了嗎？」

「睡了睡了，我睡了！」

不用說，房門還是被打開了。

「啊，媽媽，你每次都這樣！」繽繽叫起來，「要不然就是不敲門，要不然就是隨便敲敲，你還是要進來就進來！」

「我為什麼不能進來，」媽媽不以為意，看看繽繽亂得一塌糊塗的房間，好像非常不滿，「你在幹嘛啊，搞得這麼亂！」

「我在找東西。」

「找什麼？是學校裡的東西嗎？」

「呃……」

「作業！是不是在找作業？」

看媽媽那麼嚴肅的樣子，繽繽哪敢承認，只好硬著頭皮否認道：「不是作業……」

「還是老師要你保管的東西？不會吧？」媽媽看起來好像更嚴肅了。

「不是不是，是……」繽繽只好隨口亂扯，「是我跟巧慧借的東西，我要還她。」

「真的？」

「真的！」

媽媽的神情總算是輕鬆些了，但是呢，也只輕鬆了幾秒，馬上又有點板著臉不高興的說：「那也不至於非要搞得天下大亂吧！你應該先動動腦筋，好好的想一想再找啊。」

「我想了啊，」繽繽苦著臉說：「可就是想不出來放在哪裡。」

「到底是什麼東西這麼重要？看你這麼著急的樣子！」

繽繽不知道該怎麼回答；對於撒謊，她的經驗其實並不豐富啊。想了兩秒鐘，只好模模糊糊的說：「就是巧慧的東西嘛。」

沒想到，這樣的解釋居然可以過關！

「那倒也是，」媽媽說：「不過，現在已經不早了，我看你還是

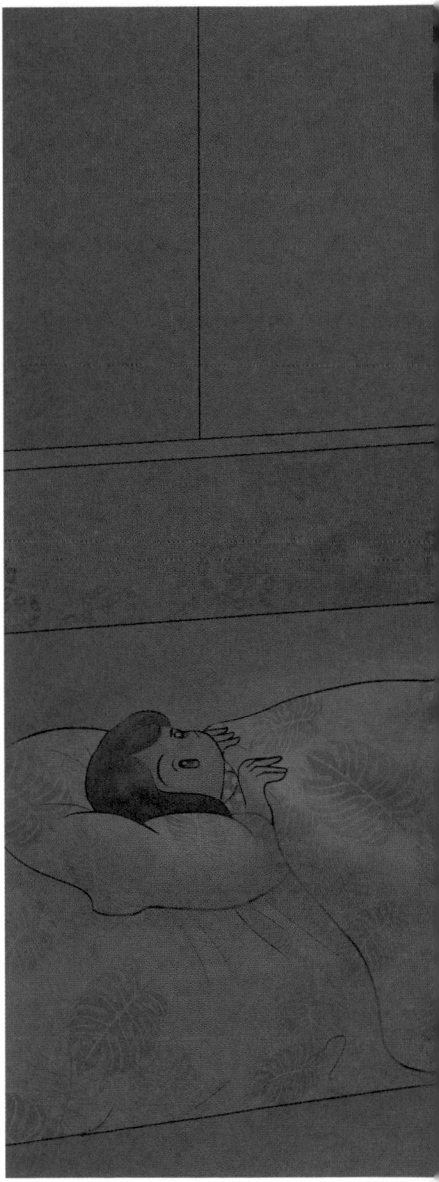

趕快先睡吧，你跟巧慧這麼好，就算是晚個兩天還，只要好好跟她解釋，我想她一定不會怪你的。」

說著，手腳俐落的媽媽三兩下很快就幫繽繽把房間收拾好，然後送繽繽上床。

「乖，快睡吧，要不然明天早上又起不來了。」

媽媽在繽繽的額頭上親了一下，再幫她拉好被子後就出去了。

繽繽躺在床上，一開始眼睛還瞪得大大的，一直盯著天花板，心裡好著急。她實在很想偷偷再爬起來繼續找，可是從門縫看到客廳還亮著燈，同時還有電視機以及爸爸媽媽講話的聲音，這表示爸爸媽媽都還沒睡，繽繽根本不敢動，擔心萬一被媽媽發現她又爬起來找東西，一定會起疑，到時候媽媽要是決心追問起來，自己一定藏不住的。

繽繽沒辦法，只好安慰自己，「沒關係，我就等一下，等他們都去睡了以後，我再起來找……奇怪，我到底是把作文本放到哪裡去了？」

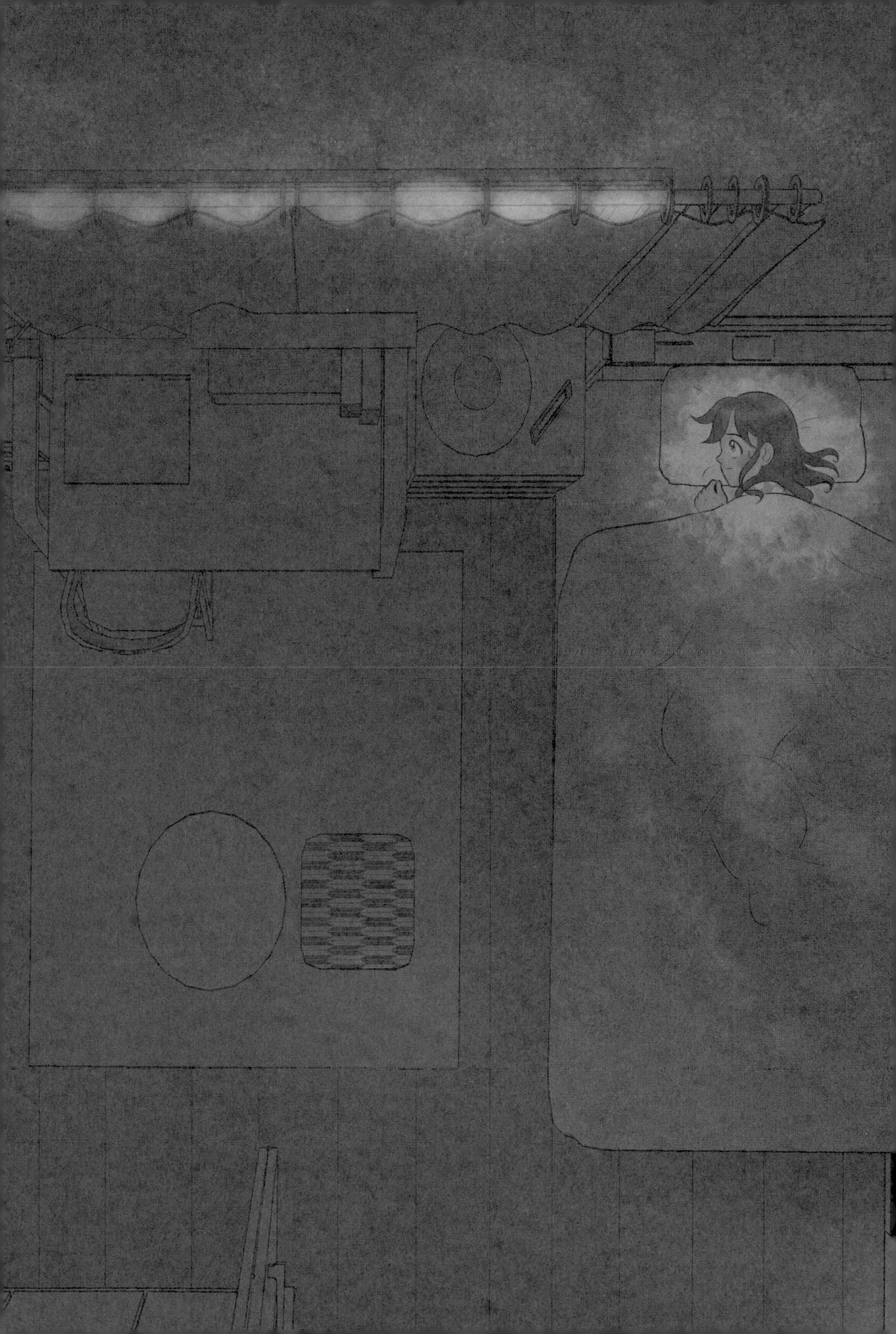

繽繽想了半天，什麼也沒想出來，眼皮倒是愈來愈重。

「算了，還是明天早上早點起來再找吧……」

過了一會兒，在進入夢鄉之前，繽繽最後一個想法是：「對了，我是不是放在學校忘了帶回來？」

七上八下

第二天，繽繽懷著一顆七上八下的心去上學，心裡一直在想，嗯，沒錯，前天陳老師把作文本發回來以後，她一定就糊里糊塗的放在學校，根本忘了帶回家。

當然，這只是繽繽有些一廂情願的猜測，她自己其實並沒有多大的信心，所以，在這麼想的同時，她不免也會想，要是作文本不在學校那可就糟了，那要怎麼跟老師說呢？還要堅持說是忘了帶嗎？可是昨天已經這麼說了，要是連忘兩天，老師會不會生氣啊？

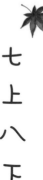

繽繽愈想愈懊惱。唉，要是前天晚上沒有忘記作文這項作業就好了，要是她沒忘，那麼前天晚上她就會發現作文本不在書包裡，昨天來到學校就可以好好的找一找，現在就不會這麼為難了；都是因為前天晚上忘了這項作業，所以昨天巧慧在收作業的時候，當時自己只想到要趕快應付過去，一心以為作文本一定是

在家，根本就沒想到有可能是放在學校。

怎麼辦？怎麼辦！要是作文本不在學校就慘了，那到底會在哪裡啊？

一直都快走到教室了，不管作文本在不在學校，繽繽都還沒想好等一下巧慧來收作文本時，到底應該怎麼說，才會比較好。

繽繽知道巧慧是一定會來收的，

因為老師說過要從這篇作文來挑選，要由哪一個小朋友來參加下個禮拜的作文比賽，也就是說，這篇作文其實是一項比較重要的作業。

哎，繽繽真是不敢相信，自己在前天晚上怎麼會忘得一乾二淨了呢！

「拜託拜託，拜託就在抽屜……」

繽繽走進教室，走到自己的座位，滿懷希望的彎腰一看……

只看了一眼，繽繽馬上就有一種很不妙的感覺。

抽屜裡只放了薄薄的兩三本作業本，繽繽一看就覺得都不是作文本。不過她還是不死心的拿出來通通檢查了一遍……

啊，真的都不是！真的都沒有！

怎麼辦？

繽繽感到心慌慌的，不知道該怎麼辦。

就在這個時候，巧慧過來了，一開口就是：「繽繽，你的作文本呢？現在只剩下你沒交了。」

「啊，我……我……」繽繽結結巴巴，「怎麼辦？……我的作文本掉在公車上了！」

從繽繽家到學校要坐四站。這是她現在所能想到最好的「說法」了。

巧慧說：「怎麼會掉在公車上啊？」

「我……我也不知道啊……」

看繽繽一副哭喪著臉的樣子，巧慧不忍心再多問，只是急著趕快安慰好朋友，「別急別急，我去跟老師報告，老師一定不會怪你的。」

陳老師真的沒有怪繽繽，只是交代她另外準備一本作文本，然後再寫一次，下禮拜一交。

一聽到老師這麼說，繽繽立刻大大的鬆了一口氣！

「得救了！」繽繽心想。

同時，她也「安慰」自己，這個謊應該也不算是扯得太過份吧，因為她是真的不知道作文本跑到什麼地方去了，作文本是搞丟了啊，只是並不是掉在公車上就是了！

不過，看老師這麼相信自己，一點也沒有起疑，還是讓繽繽在高興了那麼一下下以後，也有一種不舒服的感覺。她想，這一定就是「慚愧」的感覺了。

為了想要讓自己好受一點，繽繽下定決心，以後她一定不要再這麼做了。而且，為了報答陳老師，這一次她一定不會再拖，更不會再忘了，一定要趕快交。

和怪叔叔面對面

週六下午，繽繽在一本新的作文本上寫好了那篇作文。

〈我最難忘的一件事〉，繽繽寫的是剛上小學那年冬天生病住院的事。那是繽繽從有記憶以來第一次住院，印象很深刻，而且，這個事情她已經寫過不止一次了，很好寫。

剛寫好，樓下的森森就來按電鈴，說外婆要他去社區裡的那家小超市幫忙買一包鹽，想要繽繽陪他去。

「外婆說還可以請我吃冰淇淋耶，說當作跑腿費，」森森的小手裡捏著鈔票，笑咪咪的說：「我也要了你的份。」

嘿，有這種好事，那還有什麼問題。

過了幾分鐘，兩人就買好了鹽，同時也買好兩個甜筒。森森照例要求坐在小超市外頭那張長凳上，把甜筒吃完了再走。這是森森的習慣，森森總說：「享受美食的時候，當然要專心嘛。」

每次在吃甜筒的時候，森森真的都很專心，總是一口一口慢慢的舔，而且還會把甜筒按順時鐘的方向不停的旋轉著舔，森森說這樣才會舔得平均，冰淇淋才不會滴下來。

以前繽繽吃甜筒的方式比較粗魯，總是大口大口的咬，因為她也怕冰淇淋會化得太快，不過她覺得森森這種吃冰淇淋的方式更好，既能避免冰淇淋滴下來，又能仔細品嘗冰淇淋的味道。

兩個人都不說話，專心的舔著甜筒。

他們太專心了，以致於都

沒注意到有一個人正在朝著他們接近……

很快的，他們同時聽到一個有些沙啞的聲音說：「我可以坐在這裡嗎？」

繽繽一回頭，愣了一下。

一個高高胖胖，有著一嘴大鬍子的男人，此刻就站在他們身邊，面帶微笑的看著他們。

奇怪，這個人怎麼看起來這麼面熟？……

忽然，繽繽的腦袋「轟」的一響，她想起來了。

這時，森森也拉拉她的衣袖，她趕快轉頭看了森森一眼，就這一眼，繽繽知道森森也認出來了。

這個人就是住在對面的怪叔叔啊。

「不怕不怕！」繽繽在心裡對自己說。

一開始她想到要拉著森森趕快跑，但是馬上又想，跑什麼呢？現在還是大白天，附近還有好幾個閒坐著聊天的大人，再說，這個怪叔叔既然也住在社區裡，有什麼理由不讓他坐下來呢？

不過，繽繽也在想，這個叔叔也真怪，這張長凳明明還這麼空，他要坐就坐，幹嘛還要問？

正這麼想著，怪叔叔又客客氣氣的問了一次：「可以嗎？」

繽繽含糊的點點頭，心想反正他們一吃完就可以走了，等吃完了再走，這樣比較不會那麼不禮貌。

怪叔叔坐下來，坐得離兩人有一點遠，也不知道是不是故意的。但是呢，森森還是下意識的往旁邊的繽繽又擠過去一點。

怪叔叔看看他們，還是滿臉和善的問道：「小朋友好可愛啊，幾年級了？」

繽繽沒答腔，她不想理他，心想：「我們又不認識你，幹嘛要告訴你啊。」

可是沒想到森森這個小笨蛋卻老實的說：「她小四，我大班。」

繽繽馬上瞪了森森一眼，「快吃啦。」

森森明白了，知道冰淇淋姐姐是叫他不要說話。

「你們也是住在這裡的吧？」怪叔叔又問。

這回兩個人都不吭聲了。

繽繽開始有點著急，覺得這個冰淇淋吃得太慢了，轉頭看一下森森，哎呀，他還在慢慢的舔哪。

就在繽繽有些猶豫要不要不管三七二十一，乾脆直接把森森拉了就走的時候，怪叔叔的手機響了。

怪叔叔一接起來就是一連聲的「抱歉」，然後說：「我的貓咪前兩天從樓上摔下來，受了傷，我這幾天都在照顧牠……哦，幸好沒事，謝謝……好的，我知道，我會盡快……不好意思啊……」

怪叔叔一掛掉電話，好像不會笑了，一下子突然變得有點兒愁眉苦臉，但是繽繽倒是對他有了一點點的好感，因為繽繽一直很想養貓咪，但是爸爸媽媽都不同意，現在當她發現原來怪叔叔有一隻貓，這真的讓她好羨慕！

不過，怪叔叔畢竟還是陌生人，繽繽還是不想跟他多囉嗦，等到森森終於吃得差不多了，她拉起森森就走。

對於他們的離去，怪叔叔似乎也沒在意，或者說根本沒注意，因為自從接了那通電話以後，他的魂好像就不知道跑到哪裡去了。繽繽拉著森森走了幾步回頭一看，怪叔叔還坐在那裡，但是沒有在看他們，而是呆呆的看著地上，一臉好像很喪氣的樣子。

真相大白

一到家，看到爸爸媽媽都正在準備出門。媽媽正在挑衣服，爸爸正在打領帶。今天晚上他們有同學會。

爸爸媽媽當年是同班同學，每次同學會都是高高興興的一起參加。

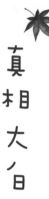

繽繽零零碎碎的講了關於怪叔叔的事。

「有這種事？我們家對面住了一個大鬍子？」說著，爸爸還特意走到繽繽的房間往對面看，但是對面空空的，怪叔叔現在不在房間

裡。

爸爸又仔細詢問了一下，譬如怪叔叔都有哪些怪異的舉止啦、怪叔叔剛才又問了她一些什麼問題啦等等。

最後，爸爸說：「下次再碰到什麼奇怪的人，直接走開，這個時候別管什麼禮貌不禮貌，知道了嗎？」

媽媽也過來問道：「那個人是不是

一臉壞蛋的樣子？」

爸爸有些啼笑皆非，「哎，老婆，你怎麼問得像一個小孩子似的？」

繽繽說：「我也不知道，我只是覺得他長得像海盜。」

「不管了，」媽媽說：「也對，就算是壞蛋也不會把『壞蛋』兩個字寫在臉上，還是小心一點好。」

稍後，爸爸媽媽就出去了。繽繽和奶奶一起待在家，吃過晚飯以後，奶奶陪著繽繽看卡通。今天是週末，可以晚一點睡。

結果，還不是太晚的時候，爸爸媽媽就回來了，而且還帶著一個客人回來。

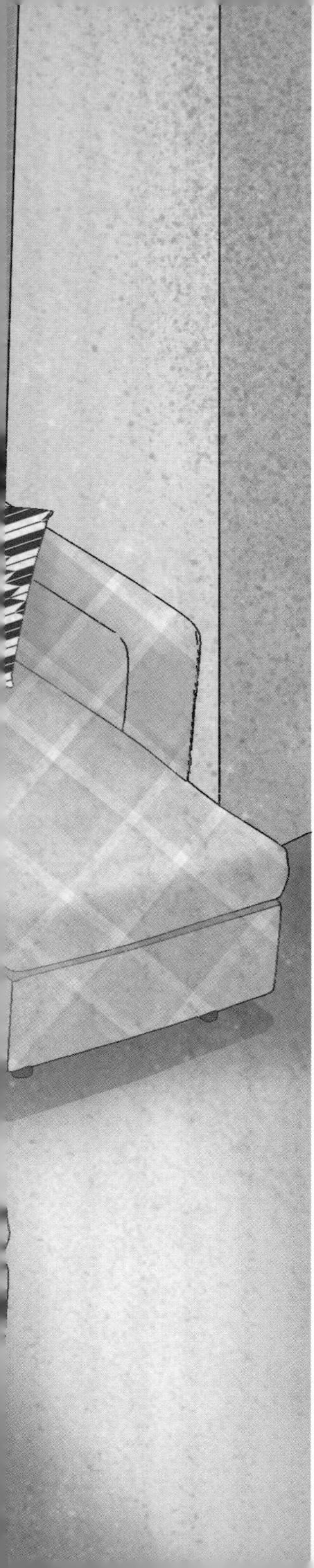

客人一走進來，真是令繽繽大吃一驚，因為，眼前這個人就是怪叔叔啊！

繽繽一時目瞪口呆，說不出話來。

怪叔叔馬上就認出繽繽了，「哎呀，你就是今天下午吃冰淇淋的那個小女孩嘛，跟你在一起的那個小男孩呢？」

「怎麼？你們見過？」爸爸和媽媽都覺得很驚奇。

爸爸媽媽說，怪叔叔是他們的老同學，今天晚上在同學會上大家聊起來才發現，原來一直住在外地的怪叔叔最近剛搬回家鄉，而且巧得很，就跟他們家是同一個社區，所以同學會後，他們就把老同學帶回到家裡來坐坐。

「叔叔是一個大作家呢！整天都是在家工作，又沒人管，真的好棒！」媽媽說。

哦，原來是這樣，難怪他會白天在家。

「叔叔，你為什麼會經常這樣啊？」繽繽做了

一下「爬空氣牆」的動作。

叔叔笑道：「因為整天坐著，腰酸背痛，所以要動一動啊。」

繽繽心想，那仰著頭齜牙咧嘴，一定也是因為腰酸背痛了？不過這個動作她不想做，太難看了。

緊接著，繽繽有些興

奮的問：「叔叔，我可以跟你的貓咪玩嗎？」

「你有養貓？」媽媽非常驚訝的看著老同學，「你不是向來都不喜歡小動物的嗎？」

「呃，這個……這個……」叔叔看看續續，很不好意思的說：「其實我沒有貓。」

「怎麼會呢？你的貓不是從樓上摔下來了？我聽見你這樣跟人家說的啊？」

「呃，這個……這個……唉，不好意思，那都是我胡扯的啦，因為稿子老是交不出來，我什麼藉口都用光了，實在是沒藉口可用了，只好隨便這麼胡扯一通，」說到這裡，叔叔十分尷尬的傻笑了一下，然後對繽繽說：「叔叔這樣不好，你可千萬別像叔叔這樣，說謊實在好累啊。」

奇怪，叔叔明明是在說他自己，可是繽繽卻臉紅了。

她想，是啊，說謊真的好累！她明白這種感覺……

這時，媽媽好心的對怪叔叔說：「那你就老實跟人家承認算了嘛，這樣不是就不會那麼累了嗎？」

「唉，關於這一本書稿，我覺得已經錯過了最佳道歉的時機。」

繽繽馬上問道：「什麼是最佳道歉的時機？」

「就是……在人家還沒有起疑，還很相信你的時候，這個時候就算你之前一時糊塗撒了什麼謊，只要趕快承認，並且道歉，事情就不

至於會弄得太嚴重，還有機會補救和挽回。」

繽繽的心裡開始有一點害怕了，「那……要是錯過了這個道歉的最佳時機呢？」

「那你就很可能要付出比較大的代價了，說謊的代價真的很大，光是罪惡感就實在是夠折磨人的……唉，我看還是去跟人家編輯認個錯算了……」

怪叔叔才剛剛這麼說，手機就響了，他一看到號碼，馬上就變了臉色，「啊，又是那個編輯，簡直是催魂啊！今天已經打了不下十通了！我看她是已經不相信我了！怎麼辦？怎麼辦！」

看怪叔叔一副六神無主的樣子，媽媽在旁用力鼓勵著：「就跟她老實說了算了！」

爸爸也說：「你再不老實說，搞不好明天那位編輯就要打二十幾通了！」

「她一定會殺了我！」怪叔叔好像還是下不了決心，只是一直盯著手機，表情很痛苦。

終於，鈴聲停了。

怪叔叔大大的鬆了一口氣！

就在大家都猜測那個編輯一定是已經放棄的時候，鈴聲卻猛然再度響起。

「怎麼辦？又來了！」怪叔叔還在哀嚎。

爸爸說：「真想不到啊，原來在人前那麼風光的大作家，也有這麼狼狽的一面！」

媽媽說：「快接啦！你再不接我就要幫你接了！」

「好好好，我接，我接……」

怪叔叔清清嗓子，吸了一口氣，終於把手機給接了起來。

「……啊，對不起，我這幾天都跟老同學在一起，我們臨時決定要為以前的班導編一本書，我自然得出力……」

爸爸媽媽面面相覷。爸爸小聲對媽媽說：「難怪人家能夠當作家！真能掰啊！明明大家就只是在一起吃了一頓飯而已，怎麼現在忽然就變成是在一起編書了！」

媽媽也笑了，憋住氣的笑；她可不想讓電話那頭聽見。

怪叔叔呢，還在那裡一本正經的努力睜眼說瞎話：「不會太久的，我估計頂多再半個月吧，不好意思啊。」

掛了電話以後，怪叔叔立刻就像一個洩了氣的皮球，垂頭喪氣得不得了。看到繽繽，還一臉慚愧的說：「繽繽，真對不起啊，居然在你面前說謊，這實在是太糟糕了！」

媽媽說：「我還是覺得你應該跟人家坦白一點比較好。」

怪叔叔想想，無奈的說：「唉，也是啦，人家現在一定氣死了！我實在是太糟糕了。」

媽媽又繼續鼓勵怪叔叔，說了半天，怪叔叔好像真的被媽媽給說動了。

「唉，好吧好吧，我還是跟人家坦白認錯吧！……這個要命的罪惡感真的快把我給壓死了，我覺得說謊以後，心理壓力真的好大！大到我根本什麼事也做不了！」

說著，怪叔叔真的就鼓起勇氣，撥通了那個已經在崩潰邊緣的編輯電話，然後結結巴巴的說了一通。

奇妙的是，放下電話以後，怪叔叔的神情居然立刻就比之前明顯的要輕鬆多了。

「怎麼樣？人家是不是怪你了？」媽媽關心的問。

「怪我是一定的啦，我是很糟糕嘛，不過，反正現在她還願意再給我一次機會就是了，現在交稿時間又重新商量了，這次我一定可以寫得出來！」

「叔叔，」繽繽問道：「你現在好像很開心？」

「哈哈，當然啦，原來認個錯也沒想像中那麼可怕嘛，總之，我現在覺得輕鬆多了！」

眼看怪叔叔此刻眉開眼笑的模樣，和剛才那副死氣沉沉的樣子實在是判若兩人，繽繽一下子覺得好羨慕；她也好想有這樣的感覺哦……

後來，繽繽重新寫了一篇作文，〈最難忘的事〉她不寫生病了，而是改寫這一次的經驗，主題就是「說謊真的好累，也好可怕」！

這篇作文能不能被老師選中，繽繽並不在乎，她只希望能把這兩天的事情做一個結束。就在寫好的那一刻，就在把心裡的話通通都表達出來以後，繽繽果真也有一種很輕鬆的感覺。她想，就算因此會被老師大罵一頓也是應該的，這大概就是怪叔叔說的說謊的代價吧！

到了禮拜一，陳老師一大早看了繽繽這篇作文以後，把繽繽叫過來私下簡單交流了一下，一方面當然是肯定繽繽坦承錯誤的勇氣，另一方面也叮嚀繽繽以後可不要再隨便說謊了。

這個事就算是過去了。

繽繽十分感謝老師的寬宏大量，在回班上的時候，幾乎是一路蹦蹦跳跳，充分表現出她內心的快樂。

繽繽不知道的是，其實，就在陳老師交代繽繽重新準備一本作文本之後沒多久，陳老師就已經發現繽繽沒有說實話了，因為繽繽那本失蹤的本子，根本就還在陳老師的桌上！

陳老師推測，可能是那天班長巧慧在把作文本拿回班上的時候，不小心偏偏漏了這一本。不過，就在跟繽繽談話過後，陳老師就把這本作文本放進了自己抽屜的深處。陳老師想，現在這本作文本是沒有再拿出來的必要了；對於一個已經能夠坦承錯誤的孩子，何必還要再追究她一時的過錯呢？

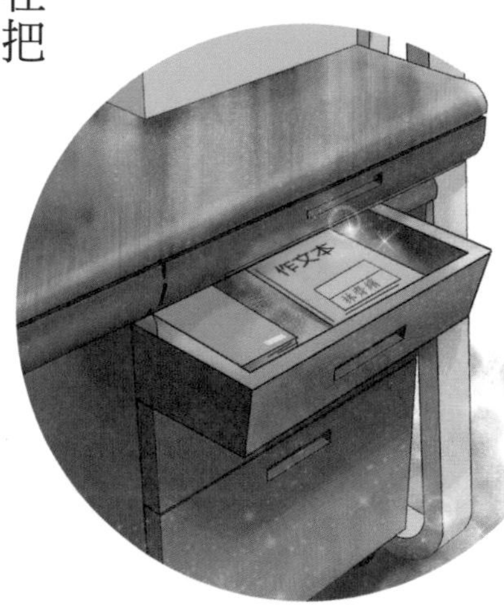

國家圖書館出版品預行編目資料

對面的怪叔叔／管家琪文．郭莉蓁圖.--初版．--
臺北市：幼獅，2021.01
112面；14.8×21 公分. --（故事館；74）
ISBN 978-986-449-210-7（平裝）

863.596 109018533

・故事館074・

對面的怪叔叔

作　　者＝管家琪
繪　　者＝郭莉蓁
出 版 者＝幼獅文化事業股份有限公司
發 行 人＝李鍾桂
總 經 理＝王華金
總 編 輯＝林碧琪
主　　編＝韓桂蘭
編　　輯＝謝杏旻
美術編輯＝李祥銘
總 公 司＝10045臺北市重慶南路1段66-1號3樓
電　　話＝(02)2311-2832
傳　　真＝(02)2311-5368
郵政劃撥＝00033368

印　刷＝錦龍印刷實業股份有限公司
定　價＝280元
港　幣＝93元
初　版＝2021.01
書　號＝984264

幼獅樂讀網
http://www.youth.com.tw
e-mail:customer@youth.com.tw
幼獅購物網
http://shopping.youth.com.tw

行政院新聞局核准登記證局版臺業字第0143號

幼獅文化 ／讀者服務卡／

感謝您購買幼獅公司出版的好書！
為提升服務品質與出版更優質的圖書，敬請撥冗填寫後（免貼郵票）擲寄本公司，或傳真（傳真電話02-23115368），我們將參考您的意見、分享您的觀點，出版更多的好書。並不定期提供您相關書訊、活動、特惠專案等。謝謝！

基本資料

姓名：……………………先生／小姐

婚姻狀況：□已婚 □未婚 職業：□學生 □公教 □上班族 □家管 □其他

出生：民國……………年……………月……………日

電話：（公）……………（宅）……………（手機）……………

e-mail：……………………

聯絡地址：……………………

1.您所購買的書名：**對面的怪叔叔**

2.您通常以何種方式購書?：□1.書店買書 □2.網路購書 □3.傳真訂購 □4.郵局劃撥
（可複選） □5.幼獅門市 □6.團體訂購 □7.其他

3.您是否曾買過幼獅其他出版品：□是，□1.圖書 □2.幼獅文藝 □3.幼獅少年
□否

4.您從何處得知本書訊息：□1.師長介紹 □2.朋友介紹 □3.幼獅少年雜誌
（可複選） □4.幼獅文藝雜誌 □5.報章雜誌書評介紹……………報
□6.DM傳單、海報 □7.書店 □8.廣播(　　　　)
□9.電子報、edm □10.其他……………

5.您喜歡本書的原因：□1.作者 □2.書名 □3.內容 □4.封面設計 □5.其他

6.您不喜歡本書的原因：□1.作者 □2.書名 □3.內容 □4.封面設計 □5.其他

7.您希望得知的出版訊息：□1.青少年讀物 □2.兒童讀物 □3.親子叢書
□4.教師充電系列 □5.其他

8.您覺得本書的價格：□1.偏高 □2.合理 □3.偏低

9.讀完本書後您覺得：□1.很有收穫 □2.有收穫 □3.收穫不多 □4.沒收穫

10.敬請推薦親友，共同加入我們的閱讀計畫，我們將適時寄送相關書訊，以豐富書香與心靈的空間：

(1)姓名……………e-mail……………電話……………

(2)姓名……………e-mail……………電話……………

(3)姓名……………e-mail……………電話……………

11.您對本書或本公司的建議：

廣　告　回　信
臺北郵局登記證
臺北廣字第942號

請直接投郵　免貼郵票

10045　臺北市重慶南路一段66-1號3樓

幼獅文化事業股份有限公司

請沿虛線對折寄回

客服專線：02-23112832分機208　傳真：02-23115368

e-mail：customer@youth.com.tw

幼獅樂讀網http：//www.youth.com.tw

幼獅購物網 http://shopping.youth.com.tw

作文本
林齊繽